La suerte de Ozu

cuento basado en un texto taoísta

Claudia Rueda

LOS PRIMERÍSIMOS

La autora agradece a Jorge A. Giraldo por su
colaboración en la adaptación de los textos.

Distribución mundial

Comentarios y sugerencias:
librosparaninos@fondodeculturaeconomica.com
www.fondodeculturaeconomica.com
Tel. (55)5449-1872 Fax (55)5449-1873

 Empresa certificada ISO 9001: 2000

Editores: Andrea Fuentes y Daniel Goldin
Dirección artística: Mauricio Gómez Morin
Diseño: Juliana Contreras

D. R. © 2003, Fondo de Cultura Económica
Carretera Picacho Ajusco, 227; 14738 México, D. F.

ISBN 978-968-16-7051-1

Impreso en México • *Printed in Mexico*

Primera edición,   2003
Segunda reimpresión, 2008

A Claris, por el día en que compartimos esta historia

Hace muchos años, en tiempos
de guerra, un buen hombre
y su hijo vivían en una granja.

La gente del pueblo los consideraba ricos
porque tenían un caballo.

Una mañana,
al entrar en el establo,
Ozu, el hijo,
encontró que su caballo
había escapado.

Corrió hacia donde estaba su padre.
Le contó lo que había visto y le dijo
que era lo peor que les había pasado.

Al día siguiente,
cuando Ozu limpiaba el establo,
escuchó unos caballos
galopando a lo lejos.

Su padre, muy sabio, le contestó:
—¿Estás seguro?
¿Cómo lo puedes saber?

Salió a mirar qué pasaba y se encontró
con que su caballo
volvía a la granja acompañado
de una manada de potros salvajes.

Al ver esto,
Ozu corrió hacia la casa gritando:
—¡Nuestro caballo ha vuelto
y nos ha traído una manada de potros!
¡Esto es lo mejor que nos ha pasado!

Su padre, muy sabio, le contestó:
—¿Estás seguro?
¿Cómo lo puedes saber?

Esa misma tarde,
Ozu quiso domar a uno
de sus nuevos potros.

En cuanto el caballo sintió
el peso sobre su lomo,
empezó a saltar sin control
y Ozu cayó al suelo,
rompiéndose un brazo.

Ya en su cama,
adolorido, le dijo a su padre
que la llegada de los potros
era lo peor que les había pasado.

Nuevamente,
su padre volvió a preguntarle:
—¿Estás seguro?
¿Cómo lo puedes saber?

A la mañana siguiente,
el padre y su hijo se despertaron
al oír unos fuertes golpes
en la puerta de la casa.

Eran unos soldados que venían
a reclutar a Ozu para el ejército.

El padre llevó a los soldados
al dormitorio de su hijo
y les dijo que podían llevárselo.

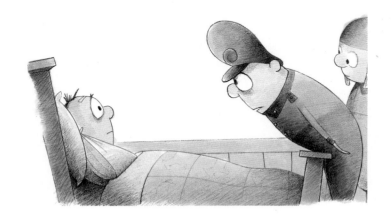

El capitán lo miró detenidamente
y comentó muy serio:
–Así no nos sirve
–y salió de la casa seguido
por los otros soldados.

Ozu, aliviado, le dijo a su padre:
—¡Que suerte he tenido!
Pero su padre, muy sabio,
le contestó una vez más:
—¿Estás seguro? ¿Cómo lo puedes saber?

La suerte de Ozu, de Claudia Rueda,
se terminó de imprimir y encuadernar en el mes de mayo de 2008
en Impresora y Encuadernadora Progreso, S.A. de C.V. (IEPSA),
Calzada San Lorenzo 244, 09830 México, D.F.
El tiraje fue de 1 500 ejemplares